D1469117

ALFAGUARA
CLÁSICOS

¡Qué asco de bichos! / El Cocodrilo Enorme
Título original: *Dirty Beast and Enormeus Crocodile*

Primera edición: mayo, 2016

D. R. © 1964, Roald Dahl Nominee Ltd.
http://www.roalddahl.com

Edición original en castellano: Santillana Infantil y Juvenil S. L.
D. R. © 2016, derechos de edición mundiales en lengua castellana:
Penguin Random House Grupo Editorial, S. A. de C. V.
Blvd. Miguel de Cervantes Saavedra núm. 301, 1er piso,
colonia Granada, delegación Miguel Hidalgo, C. P. 11520,
México, D. F.

www.megustaleer.com.mx

D. R. © 1981, María Puncel y 1985, M. A. Diéguez, por la traducción
D. R. © 1978 y 1984, Quentin Blake, por las ilustraciones

ISBN: 978-607-314-271-7

Impreso en México – *Printed in Mexico*

Impreso en los talleres de Litográfica Ingramex, S.A. de C.V.

El papel utilizado para la impresión de este libro ha sido fabricado a partir de madera procedente
de bosques y plantaciones gestionadas con los más altos estándares ambientales, garantizando
una explotación de los recursos sostenible con el medio ambiente y beneficiosa para las personas.

Penguin
Random House
Grupo Editorial

ROALD DAHL

¡QUÉ ASCO DE BICHOS! EL COCODRILO ENORME

Ilustraciones de Quentin Blake

Traducción de María Puncel y M. A. Diéguez

ALFAGUARA

Las obras de Roald Dahl no solo ofrecen grandes historias…

¿Sabías que un 10% de los derechos de autor* de este libro se destina a financiar la labor de las organizaciones benéficas de Roald Dahl?

 Roald Dahl es muy conocido por sus historias y poemas, sin embargo hoy día no es tan conocido por su labor en apoyo de los niños enfermos. Actualmente, la fundación Roald Dahl´s Marvellous Children´s Charity presta su ayuda a niños con trastornos médicos severos y en situación de extrema pobreza. Esta organización benéfica considera que la vida de todo niño puede ser maravillosa sin entrar a valorar lo enfermo que esté o su esperanza de vida.

Averigua más sobre nosotros en www.roalddahl.com

En el Roald Dahl Museum and Story Centre en Great Missenden, Buckinghamshire (la localidad en la que vivió el autor), puedes conocer muchas más cosas sobre la vida Roald Dahl y de cómo su biografía se entremezcla en sus historias. Este museo es una organización benéfica cuya intención es fomentar el amor por la lectura, la escritura y la creatividad. Asimismo, dispone de tres divertidas galerías con muchas actividades para hacer y un montón de datos curiosos para descubrir (incluyendo la cabaña en la que Roald Dahl se retiraba a escribir). El museo está abierto al público general y a grupos escolares (de 6 a 12 años) durante todo el año.

Roald Dahl's Marvellous Children's Charity (RDMCC) es una organización benéfica registrada con el número 1137409.

Roald Dahl Museum and Story Centre (RDMSC) es una organización benéfica registrada con el número 1085853.

Roald Dahl Charitable Trust, organización benéfica recientemente establecida, apoya la labor de RDMCC y RDMSC.

* Los derechos de autor donados son netos de comisiones

¡Qué asco de bichos!

El cerdo

Hubo una vez un cerdo en Inglaterra
que fue el bicho más listo de la Tierra.
Era un tipo genial, todo un portento,
una cabeza llena de talento.
Hacía largas sumas de memoria,
leía gruesos libros sobre Historia.
Sabía muchas cosas… y al final
se planteaba la cuestión fatal.
Por vueltas y más vueltas que le daba
jamás la solución se le alcanzaba.

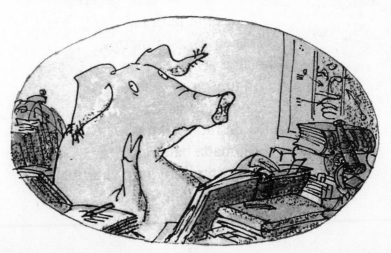

«¿Qué papel me ha tocado en esta vida?
—era la gran pregunta tan temida—.
¿Para qué estoy aquí? ¿Por qué nací?
¿Qué reserva el destino para mí?».

Pensaba en estas cosas tan funestas,
pero jamás hallaba las respuestas,
hasta que en una insomne madrugada,
topó con la respuesta deseada.
Pegó un brinco de rana saltarina,
danzó cual consumada bailarina…
«¡Eureka! ¡Lo encontré! La gran cuestión
tiene una contundente solución.

Ya sé lo que me espera: mi destino
¡es verme convertido en buen tocino!
Es el granjero un hombre muy astuto,
pero ya he descubierto que es un bruto.
Ya sé por qué me da tan ricas dietas:
¡es porque está pensando en mis chuletas!,
porque quiere mi piel, mis solomillos,
mi cabeza, mis pies, mis menudillos…
porque piensa picar muy bien mis chichas
para hacer largas ristras de salchichas…
Ya sé lo que me aguarda: el matadero,
la cuchilla de un fiero carnicero,
las ollas de una gorda cocinera,
¡ésa es la cruel suerte que me espera!».
Así se lamentaba el buen gorrino
pensando en su dramático destino.
Y llegó la mañana y el granjero
apareció trayendo su caldero.
«Cerdito, ven aquí, a desayunar,
que tienes que crecer y que engordar».

Y aquel cerdo tan sabio y tan valiente
se echó sobre el granjero de repente.
Al suelo sin remilgos lo tiró
y allí, con sus pezuñas, lo aplastó.
Después olió y hozó, mordió, quebró,
chupó, lamió, sorbió, saboreó…
No cuento más detalles… Del granjero
tan sólo quedó el ala del sombrero.
El cerdo se comió hasta la camisa
mascando con fruición, sin darse prisa.
Y cuando terminó, muy satisfecho,
se dijo: «Esto me hará muy buen provecho.
Ha sido un desayuno muy completo,
me siento muy a gusto, estoy repleto.
Yo iba a ser hoy merienda de granjero,
pero me lo he comido yo a él primero».

El cocodrilo

No hay bestia más feroz que un cocodrilo,
ese animal voraz del río Nilo.
Cuando llega la hora de su cena
traga de niños la media docena.

Tres chicas y tres chicos, si es posible,
le parece la dieta preferible.
A los chicos los unta de mostaza

y a las niñas las cubre de melaza.
Pues los chicos le gustan muy picantes
y las niñas dulzonas y empachantes.

A los chicos se los come bien calientes
y le gusta partirlos con los dientes.
Las niñas son el postre y van después,
las come despacito: una, dos, tres…
Asegura que así es como hay que hacerlo,
y creo yo que él tiene que saberlo:
ha tomado en su vida muchas cenas,
¡y ha tragado chiquillos por centenas!

Y aquí se acaba el cuento. Tú, a dormir.
Yo me voy a mi cuarto, he de escribir…
Oye, escucha…, ¿qué es eso?, ¿no lo sientes?,
parece el rechinar de muchos dientes…
¿Quién sube dando tumbos la escalera?
¿Quién se atreve a gruñir de esa manera?
¡No dejes que en el cuarto se nos meta!
¡Cierra la puerta! ¡Tráeme la escopeta!
¡No, niño, vuelve atrás! ¡Cuidado, espera!
¡Horror, terror, pavor! ¡Entró la fiera!
¡Es la alimaña pérfida del Nilo,
el verde y espantoso cocodrilo!

El león

Quiere el león la carne muy jugosa,
muy fresca, roja, tierna, bien sabrosa…
Si vas y le preguntas qué prefiere
te dirá sin rodeos lo que quiere.
Te dirá que no quiere solomillos
ni tampoco cebados cabritillos,
que no le gusta el cerdo encebollado
ni le dice gran cosa un buey asado…

Le ofrecerás entonces tres chuletas
con salsa de pimienta y cebolletas
y te dirá que no, que no las quiere,
que eso es muy fuerte y que él no lo digiere...
Entonces te pondrás algo nervioso
y le preguntarás con tono ansioso:
«Bueno, pues di, león, ¿qué puedo darte?».
Abrirá una bocaza de espantarte,
se acercará a mirarte fijamente
y te dirá sin más, muy claramente:
«Pues mira, lo que quiero en mi menú
es algo tan sabroso... *¡como tú!*».

El escorpión

Es muy de agradecer que en mi nación
no encuentres casi nunca un escorpión.
Dicen que es muy difícil que en tu cama
lo encuentres una noche, ya que ama
países más calientes que los nuestros
como afirman expertos y maestros.
Yo sé que un escorpión es escamoso,
que es negro, que es maligno y venenoso,
y por eso aconsejo, afirmo y digo
que un bicho así no es bueno como amigo.

Si ves un escorpión, corre y escapa,
porque si se te acerca, si te atrapa,
lo vas a pasar mal y es muy seguro
que vas a verte en un terrible apuro.
Es bicho de una idea, de una sola:
¡clavarte el aguijón que hay en su cola!,

y siempre intentará, sucio y artero,
¡clavarte ese aguijón en el trasero!
«Muchacho, ¿qué te ocurre? ¿Qué ha pasado
que tienes esa cara de asustado?».

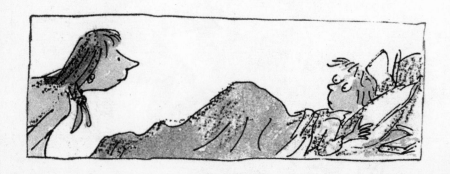

«Hay dentro de mi cama un bicho extraño
y temo que me ataque y me haga daño.
¡Qué susto, qué mieditis, qué aprensión!,
¿y si aquí dentro tengo un escorpión?».
«Jamás una bobada tal oí,
¡no hay bichos de esa clase por aquí!».
«Me corre por la pierna, trepa y sube,
¡jamás tanto terror, tal miedo tuve!
Lo tengo ya en el muslo, en el derecho…
¿Tú crees que me va a subir al pecho?
¡Mamá, cázalo pronto, venga, va,
si no lo cazas ya, me picará…!
¡Ay, que lo noto ya por el trasero!
¡Ay, ay, ayayayay… que yo me muero…!».

El oso hormiguero

Una familia rica, en San Francisco,
tenía un hijo bárbaro y arisco.
Su nombre era corriente: Billy-John,
y era bajito, feo y tontorrón.

El padre, gran magnate poderoso,
mimaba y consentía a su mocoso,
y todo lo que Billy-John pedía
inmediatamente lo tenía.

Estaba el chico aquel muy mal criado
de puro consentido y regalado.
Tenía todo aquello que quería
y era su casa una juguetería.
Tenía cien pelotas, mil balones,
tenía los muñecos a montones,
aviones, trenes, coches, construcciones,
cinco radios y tres televisiones.
Tenía saxofones, clarinetes,
cien juegos de ping-pong, tres patinetes,
ositos de peluche que bailaban
y pájaros de trapo que cantaban…
¡Mil millones de chicas y de chicos
se sentirían con aquello ricos!
Pero a cada momento Billy-John
mostraba su profunda frustración:
«¿Qué me falta, qué más puedo pedir?
La verdad es que hay poco que elegir…
Estoy ya más que harto y aburrido,
¿habrá algo que resulte divertido?».
La nuca se rascaba (cosa fea)
por si encontraba alguna buena idea…
«¡Ya sé perfectamente lo que quiero!
¡Lo que me falta es un oso hormiguero!».
Tan pronto como el padre se enteró
cien cartas de este tipo redactó:
«Mi muy querido amigo y Director
del parque zoológico.
                    Señor:

Habrá usted de saber que necesito
un buen oso hormiguero, el más bonito
que pueda usted mandar sin dilación
en barco, en bicicleta o en avión.
No importa lo que cueste, yo soy rico
y quiero regalárselo a mi chico».
Llegaron las respuestas, más de ochenta:
«No hay osos hormigueros a la venta».
Aquel rico magnate enfureció,
rabió, gritó, juró, pataleó…
y al fin varios mensajes como éste
mandó de norte a sur y de este a oeste:
«Daré lo que me pidan en dinero
a cambio de cualquier oso hormiguero».
Y al cabo de unos días recibió
la epístola que un indio le mandó.
Vivía en Nueva Delhi, en una choza
recóndita, entre escombros, barro y broza,
y el dueño era de un gran oso hormiguero
que siempre fue su amigo y compañero.
«Daré de muy buen grado este tesoro
a cambio de un millón en rupias-oro».
El pobre oso hormiguero fue vendido
y a San Francisco en barco transferido.
Llegó hasta la mansión de Billy-John
a punto de morir de inanición.
Estaba el pobre bicho muy hambriento
y dijo con su más humilde acento:
«Nadie cuidó de mí en la travesía,

tengo tanta hambre y sed que lloraría.
Dadme un poco de leche o pan o queso,
o dadme una patata, ¡o dadme un hueso!».
Le dijo Billy-John: «¡Ni pan ni migas!
¡Vete, so grandullón, y caza hormigas!».
El pobre oso hormiguero se arrastró
y el parque sin descanso recorrió,
pero no descubrió con qué aplacar

el hambre que le hacía berrear:
«¡Tengo un hambre feroz, quiero comer!,
¿es que me quieres ver desfallecer?».
El chico se burló: «¡Ay, no me digas!
¡Si tienes a millones las hormigas!».
Y justo en ese instante, ¡qué sorpresa!,
¿quién entró en el jardín? ¡Doña Vanessa!
Una señora anciana y nariguda,
huesuda y una pizca bigotuda.
El niño saludó a doña Vanessa
y la invitó a comer pastel de fresa.
Entonces recordó al oso hormiguero,
que estaba bostezando en el sendero.
«¡Levántate, animal, ven y saluda!
—gritole Billy-John con voz aguda—.
¡Levántate y saluda a nuestra amiga!
¿Querrás que ochenta veces te lo diga?».
«¿Hormiga has dicho? Dime, ¿has dicho hormiga?
—dijo arrastrando el oso la barriga—.
Pues si ésa es una hormiga estoy contento,
¡ya es hora de que tome yo alimento!».
Se alzó sobre sus patas con trabajo
y caminó sin más, sendero abajo.
Tenía el pobre bicho tanta hambre
que en las tripas sufría de calambre.
Tenía la piel fría, los pies flojos
y una nube delante de los ojos.
Se acercó a la señora poco a poco
y la miró con gusto, ¡un gusto loco!

«¡Es una hormiga enorme! ¡Qué gigante!
¡Qué desayuno tan refocilante!».
El nene se asustó al ver su mirada
y gritó con su voz más destemplada:
«¡Que no, bicho, que no, que no es hormiga!
¡He dicho que Vanessa es una a-mi-ga!».
Mas no sirvió de nada. El oso fiero
cargó sin vacilar. Voló el sombrero.
Pescó a doña Vanessa por el pelo
y la alzó por los aires en un vuelo.

Después, con ademanes remilgados,
se merendó a la anciana en dos bocados.
Y dijo luego a modo de cumplido:
«Es la mayor hormiga que he comido».
El chico se quedó tan aterrado
que pensó en refugiarse en el tejado,
pero tan cerca estaba el hormiguero
que llegó sólo hasta el invernadero.

Metiose tras la pila de mantillo
y allí se echó a llorar, ¡pobre chiquillo!
«No me meriendes, oso, yo te quiero,
eres el hormiguero que prefiero…».
«Es inútil, no quiero ningún trato
—dijo el oso—. Serás segundo plato».

El erizo

Cuando el sábado llega, ¡qué alegría!,
es de cada semana el mejor día.
Los sábados me dan, por la mañana,
la paga que he ganado en la semana;
porque es cosa que está decididísima
que sólo cobraré si soy buenísima.
Mi padre fue informado esta semana
de que he sido ejemplar, nada holgazana,
de que he sido un prodigio de chiquilla
y de que mi conducta maravilla.
En vista de lo cual, y muy gustoso,
mi paga me ha entregado generoso.
En cuanto he recibido mi dinero
he dicho: «Vamos, pies ¿para qué os quiero?».
Y he salido corriendo cual centella,
cual rápida y veloz fugaz estrella,
para ver a mi amigo el pastelero
que vende los bombones que prefiero:
los rellenos de nata y piñonate,
y otros que son de puro chocolate…

He comprado una bolsa grande llena
de bombones así. ¡Qué cosa buena!
Después he ido a un rincón muy silencioso,
mi escondrijo secreto y delicioso,
un sitio para estar tranquilamente
royendo chocolates sin ver gente,
y me he buscado un sitio en que sentarme,
un hueco en que poder acomodarme.
Lo he hallado, al momento me he sentado
¡y he pegado tal brinco que he volado!

«¡Ayayay, qué dolor! ¡Ay, mi trasero!
¡Lo tengo perforado todo entero!».
¿Qué destino cruel sentar me hizo
sobre las cien mil púas de un erizo?

Tengo toda la piel picoteada,
¡mi pobrecita nalga está erizada!
He corrido hasta casa, allí estaría
mamá para ayudarme, ella sabría
lo que tiene que hacerse en este caso.
«¡Mamá, que yo me quemo, que me abraso!
¡Estos pinchos me irritan el trasero!
¡Quítamelos, mamá, que yo me muero!».
Pero ella jamás pierde la cabeza,
es muy tranquila por naturaleza.
Ha mirado mis nalgas fijamente
y ha contestado muy serenamente:
«No, no, yo no lo haré, ten por muy cierto
que es cosa, eso que tienes, de un experto.

Necesitas la mano de un artista,
¡la del doctor Martínez, el dentista!».
«¡No quiero ir al dentista, mamá, no!»,
he dicho a gritos, aterrada, yo.
«No hay discusión, hijita, que te valga.
Nadie podrá aliviar mejor tu nalga.
Yo creo que el dentista bien lo haría,
pues arrancando pasa todo el día,
y sabe sacar fuera sin que duela
lo mismo los colmillos que una muela».
He dicho que no iba, he suplicado
una vez, dos y tres. Lo mismo ha dado.
Es inútil hablar con un mayor,
siempre dirá: «Mi idea es la mejor».
Así que, tanto y tanto se ha empeñado
que en casa del dentista he terminado.
Allí, dos enfermeras, Luz e Inés,
me han puesto en el sillón, pero al revés.
Y ha llegado el dentista, el muy bocazas,
riéndose y armado de tenazas:
«Sujetádmela bien, que no se mueva,
que vamos a dejarle como nueva
esta región tan fina y delicada
que tiene esta mujer tan espinada…
Reconozco que mi experiencia es poca,
pues siempre he trabajado yo en la boca
y es nueva esta faceta de mi arte:
¡jamás arranqué cosas de esta parte!».
Y ha empezado a tirar de las espinas,

dándome unas punzadas asesinas.
«Jamás tanto en mi vida me he reído
—decía el muy salvaje—. ¡Es divertido!».
Y yo gritaba: «¡Ay, ay! ¡Ay, mi trasero!
¡Me está despellejando…! ¡Carnicero!».

«Bueno, no chilles más, ya he terminado.
Ya tienes el terreno despejado».
Yo estaba más tranquila y aliviada,

pero ahora mamá estaba desmayada.
Decíale el dentista: «Ésta es mi cuenta,
me debe por curarla mil cincuenta».
«¡Mil cincuenta, pero eso es de locura!
¡Eso es un disparate de factura!».
«Al contrario, señora, es muy barato;
considere que he trabajado un rato,
que he sacado las púas una a una
hasta dejarla limpia y sin ninguna.
Si no fuera por obra de mi arte,
aún seguiría mal por esa parte.
Y así hubiera seguido, por su daño,
sin poderse sentar durante un año».
Y mamá le ha pagado, ¡vaya un día!,
con lo bien que empezó, ¿quién lo diría?
Pero ahora ya sé por qué un erizo
siempre nos pincha –y yo no moralizo–:

es simple precaución, para librarse
de que algún tontorrón vaya a sentarse
encima de su cuerpo y lo reviente.
«Nunca hagáis como yo —digo a la gente—.
Y si os pensáis sentar, mirad primero,
¡cuidad dónde posáis vuestro trasero!».

La vaca

Ésta es la historia cierta de una vaca
que, desde que nació, se llamó Paca.
Tenía siete meses y algún día
cuando vino a vivir a la alquería.
Era su aspecto un tanto singular
y ella trataba de disimular...
Tenía ciertas peculiaridades,
ciertas taras, ciertas deformidades.
Sobre el lomo tenía dos muñones,
dos bultos del tamaño de melones.
Y un buen día, los dos bultos crecieron,
se hincharon, se agrandaron y... ¡se abrieron!
Yo estaba allí con ella, en aquel prado,
bastante sorprendido y asustado.
Pero no sucedieron cosas malas,
al contrario, ¡le aparecieron alas!
Dos alas formidables, imponentes,
con plumas de oro y plata refulgentes.
Jamás se había visto cosa así.
«¡Querida Paca mía! ¿Es cierto?, di.

¿De veras te ha ocurrido a ti esta cosa
tan sorprendente y tan maravillosa?».
Pero ya estaba Paca aleteando
y un segundo después, ¡salió volando!
¡Una vaca con alas, voladora!
¿Quién vio cosa así nunca antes de ahora?
Una vaca que sabe alzar el vuelo
y recorre tranquila todo el cielo…

Una vaca que asciende hasta una nube,
que se lanza en picado y luego sube…
Enseguida millones de turistas
llegaron con sus trastos tomavistas,
y las gentes de la televisión
también aprovecharon la ocasión
de rodar un suceso tan extraño,
¡la cosa más fantástica del año!
Todo el mundo decía: «¡Es formidable!
El vuelo de esta vaca es admirable».
Todos, menos un tipo algo patán
que volvía de un viaje al Pakistán
y que vociferó desde una roca:
«¡Eh, tú, vaca, óyeme!, ¿te has vuelto loca?
¿Estás descerebrada, vaca Paca?
¿O acaso en vez de sesos tienes caca?».
La vaca, que oyó cosas semejantes,
bajó para hacer vuelos más rasantes
y luego se lanzó sobre el patán
gritando: «¡Bombas fuera! ¡Allá te van!».
Y Paca, con magnífica destreza,
¡le estampó una boñiga en la cabeza!

La rana y el caracol

Todo empezó en Escocia: en el arranque
estaba yo jugando en el estanque.
Allí, sin calcetines ni zapatos,
me suelo yo pasar mis grandes ratos.
Ayer, mientras jugaba, de repente,
vino alguien y dijo amablemente:
«Amigo, buenos días, ¿cómo estás?».
Yo me volví a mirar qué había detrás
y vi una rana colosal, gigante,
una rana de un verde deslumbrante.

La rana preguntó: «¿Qué te parezco?
¿No vas a decir nada? ¿No merezco
que admires estas patas? ¡Son tan finas!
¿Y has visto mi color? Dime, ¿qué opinas?
Seguro que jamás viste en tu vida
una rana tan verde y distinguida».
Le dije la verdad, que parecía
la hermana de mi madre, tía Lucía.
«Seguro que a tu tía gano en salto.
Seguro que mi salto es el más alto.
Vamos, sube a mi espalda, que te invito
a que vengas a darte un paseíto».
Trepé sobre su espalda y ¡aj, qué cosa!,
estaba fría, rígida y viscosa.
«Agárrate bien fuerte, amigo mío,
porque voy a saltar con todo brío».
Y ¡vaya si saltó!, ¡menudo salto!,
jamás me vi tan lejos ni tan alto.
Volamos tan arriba y de tal suerte
que pensé que saltaba hacia la muerte.
Silbaban y zumbaban mis oídos;
los ojos me lloraban, escocidos…
Me sujeté con fuerza. Saltó más.
«Rana, guapita, dime adónde vas…».

Y la rana me dijo sonriente:
«De momento marchamos hacia oriente
—y luego presumió—. ¿Te maravillas?
Cada salto que doy son veinte millas».
Habíamos viajado sin parar
desde el norte de Escocia hasta llegar
a las rocas de Dover, que son blancas,
y la rana bajó y posó sus ancas:

«Esta franja de mar que ves tan ancha
es el canal que llaman de la Mancha.
La costa de este lado es Inglaterra
y aquello que está allí, aquella otra tierra
que está en la orilla opuesta, pues es Francia.
Y no lo digo yo por arrogancia,
pero yo pego un brinco desde aquí
y sólo en un momento estoy allí».
«Yo veo peligroso y arriesgado
—le dije— un salto así, de lado a lado.
No me gusta la idea de acabar
en el fondo del mar, no sé nadar...».
La rana no me oyó, no me escuchó,
nada de lo que dije le importó.
Las ranas no hacen caso, les da igual
lo que pueda decirles un chaval.
Así que fue y saltó, ¡y era volar!,
¡la rana y yo saltamos sobre el mar!
Después bajamos... más, y más, y más,
y seguimos bajando... hasta que, ¡zas!,
nos dimos tan solemne batacazo
que por poco me quedo sin un brazo.
«Ésta es tierra de Francia, hemos llegado,
¿no estás un poquitito emocionado?
¿No es gran cosa salir al extranjero
sin coche, tren ni avión, y sin dinero?
Éste va a ser el viaje de tu vida
—me dijo aquella rana, y enseguida
oí que me gritaba—: ¡Oye, muchacho,

ya tenemos encima al populacho!».
Y es que mujeres, hombres y chiquillos
se acercaban armados de cuchillos.

Enseguida pensé que aquella gente
tenía algún propósito inminente,
aunque yo no sabía, ¡qué infeliz!,
que todo buen francés es muy feliz
si come ciertas cosas tan extrañas
que a mí se me revuelven las entrañas.
Consumen los franceses en sus cenas
hermosos caracoles por docenas.
Se dice que en los buenos restaurantes
se los comen enteros con guisantes.
Angustia da pensar en estas cosas,
¿comerán gusanitos y babosas?
Lo que sí comen con su mejor gana
es algo espeluznante: ¡ancas de rana!

Comen muslos y dedos y rodillas
y las mollitas de las pantorrillas.
Pueden comerlas fritas o guisadas
o doradas al horno o bien asadas,
y piensan que es comida deliciosa
comer ancas de rana en salsa rosa.
Y ésta era la razón de que la gente
viniera hacia nosotros fieramente.
Gritaban en francés vociferante:
«¡Qué par de ancas de rana! ¡Fascinante!
¡Cortémoslas, pelémoslas, asémoslas,
trinchémoslas después y devorémoslas!».

«Ranita, escucha, yo no soy cobarde,
pero creo que la cosa está que arde…
La multitud no viene a recibirte,
¡viene con la intención de digerirte!».
La rana se volvió tranquilamente
y me miró a los ojos fijamente:
«Sosiégate, amiguito; nada pasa
yo vengo mucho aquí sólo por guasa,

y he vuelto por gastarles una broma,
que no hay entre estas gentes quien me coma...
Ya sé que andan ansiosos por las blancas,
sabrosas, tiernas mollas de mis ancas,
pero no voy a huir ni he de esconderme
y estas gentes jamás podrán comerme.
Yo tengo unos poderes formidables;
quédate donde estás, quieto y no hables».
Así dijo, y con gran delicadeza
se apretó un botoncito en la cabeza.
Se produjo un tremendo fogonazo,
un terrible estampido, un gran trallazo,
chispas muchas volaron hasta el cielo
y se extendió humo negro por el suelo.
Cuando se fue aclarando el humo un tanto,
gritaron los franceses con espanto:
«¿Dónde está nuestra rana? ¿Dónde ha ido?
¡Nuestra merienda ha desaparecido!».
Yo estaba un poco bizco y deslumbrado
y bastante aturdido y atontado.
Pero enseguida pude ver y vi
que aunque toda la gente estaba allí,
no me asustaba aquella muchedumbre
porque yo estaba en lo alto de una cumbre,
sobre un caracol grande, fabuloso,
un caracol enorme, un gran coloso
que tenía una casa muy lustrosa
de color crema claro y malva y rosa.
Aquel caracol dijo: «Estoy salvado,

ya no pueden echarme en su estofado,
porque soy caracol y no soy rana
¡y porque no me da la real gana!».
Le dije: «Caracol, no estoy seguro
de que hayas escapado del apuro».
Gritaban los franceses: «¡Qué bocado
para comerlo en salsa o rebozado!
¡La rana era una cosa despreciable
al lado de este bicho formidable!
Hay carne en abundancia para todos
y podremos guisarla de mil modos.
Con ajo y perejil, a la parrilla,
en filetes o en una empanadilla…
Venid, que para todos habrá un trozo,
¡esto va a ser para la tripa un gozo!».
«Amigo caracol —dije entre dientes—,
¿podremos escaparnos de estas gentes?».
«Pues claro que lo haremos, no es problema»,
repuso el caracol con grande flema.
Pero aquellos franceses se acercaban
blandiendo sus cuchillos y clamaban:
«¡Cercad a ese gran bicho, rodeadlo,
clavadle los cuchillos y matadlo!».
Yo estaba horrorizado, los cuchillos
herían mis pupilas con sus brillos.
Y ya casi sentía que se hincaban
en mis chuletas y las troceaban…

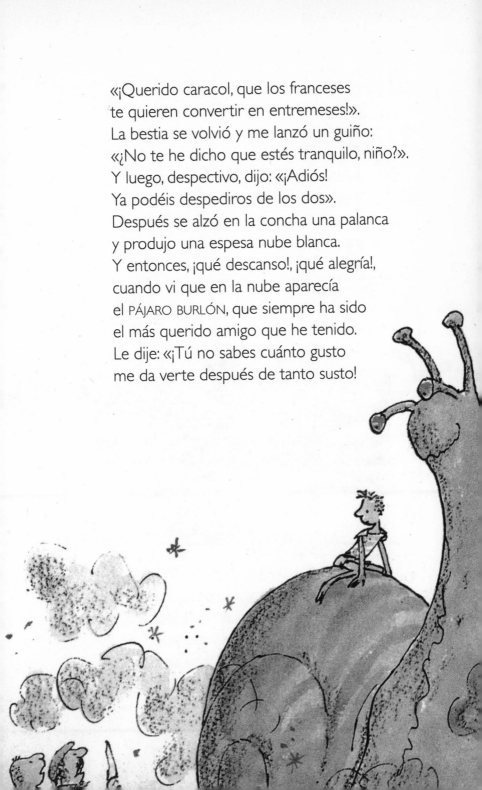

«¡Querido caracol, que los franceses
te quieren convertir en entremeses!».
La bestia se volvió y me lanzó un guiño:
«¿No te he dicho que estés tranquilo, niño?».
Y luego, despectivo, dijo: «¡Adiós!
Ya podéis despediros de los dos».
Después se alzó en la concha una palanca
y produjo una espesa nube blanca.
Y entonces, ¡qué descanso!, ¡qué alegría!,
cuando vi que en la nube aparecía
el PÁJARO BURLÓN, que siempre ha sido
el más querido amigo que he tenido.
Le dije: «¡Tú no sabes cuánto gusto
me da verte después de tanto susto!

No perdamos el tiempo en saludarnos,
me parece mucho mejor largarnos…».
Y el pájaro me dijo: «Estoy de acuerdo.
Seguro que marcharse es lo más cuerdo.
Allá vamos, agárrate bien fuerte
y grítale a esa gente: "¡Buena suerte!"».
Hice lo que me dijo y al instante
ya estábamos volando. ¡Emocionante!

Hicimos un gran vuelo de crucero
y al lado del estanque, en el sendero,
bajó muy suavemente y me dejó.
«¡Adiós, hasta la vista!», y se alejó.
Yo regresé a mi casa y no he contado
nada de lo que he visto y me ha pasado.

Y ni ahora ni luego ni mañana
diré que me he montado en una rana.
Porque si lo contase, lo estoy viendo,
dirían, como siempre: «¡Estás mintiendo!».
Sólo yo sé que todo fue verdad,
que lo que me ha pasado es realidad,
pero nunca un mayor se creería
que he estado en un país de fantasía.

El bicho de mi tripa

Una tarde le pregunté a mamá:
«Esto que hay en mi tripa, ¿qué será?
Seguro que es pequeño y muy delgado,
¿por dónde crees tú que me habrá entrado?».
Mi madre se enfadó: «¡Qué tonterías
se te ocurre decir algunos días!».

«Te digo que es verdad, que sí, mamá,
que me lo noto dentro, mira acá.
Está dentro de mí, rugir lo siento;
me grita por las noches que está hambriento
y luego, por el día, sin cesar,
me dice que se quiere alimentar.
Que quiere pan y carne y queso y pollos
y pasteles con nata y fruta y bollos.
Y hasta dice que no me pasa nada
por comerme toda la mermelada.
Yo sé, mamá, que es malo y que no es sano
tragar todas las cosas que hay a mano,
pero tengo que hacerlo, él está aquí
y clama sin cesar dentro de mí».

Mi madre me gritó: «¡Calla, embustero!
¡No cuentes más mentiras, majadero!
Ni inventes más excusas, gordinflón,
para disimular que eres un glotón».
«¡Mamá, que no es mentira lo que he dicho!
¡Que dentro de la tripa tengo un bicho!».
«Pues escúchame tú lo que yo digo,
¡a la cama ahora mismo, de castigo!».
Y entonces, justo entonces, ¡tuve suerte!,
se oyó un regorgoteo claro y fuerte.

Algo que tengo dentro, aquí encerrado,
me salvó de acostarme castigado.
En mi estómago un bicho se agitaba,
algo se removía y protestaba.
«¿Qué es eso que se oye? ¡Qué terrible!
—gritó por fin mamá—. ¡Será algo horrible!».
«¡Comida! —se escuchó—.
¡Que estoy que muerdo!
¡Puedo tragarme entero medio cerdo!

¡Quiero patatas fritas y chuletas
y unas cuantas docenas de croquetas!».
«¿Has oído, mamá, lo que te ha dicho?
¡Te dije que tenía dentro un bicho!».
Pero mamá ya no escuchaba nada;
se había caído al suelo, desmayada.

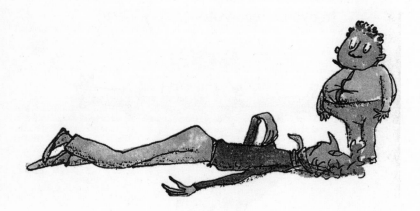

El Cocodrilo Enorme

A Sophie

E n el centro del más grande, más negro y más pantanoso río de África, dos cocodrilos descansaban con las cabezas a flor de agua. Uno de los cocodrilos era enorme. El otro no era tan grande.

—¿Sabes lo que me gustaría para mi comida de hoy? —preguntó el Cocodrilo Enorme.

—No —respondió el No-Tan-Grande—. ¿Qué?

El Cocodrilo Enorme soltó una carcajada, mostrando sus cientos de puntiagudos y blancos dientes.

—Para mi comida de hoy —dijo— me gustaría un niño bien jugoso.

—Yo nunca como niños —dijo el No-Tan-Grande—. Solamente peces.

—¡Bah, bah! —exclamó el Cocodrilo Enorme—. Apuesto a que si en este mismo momento un muchachito rollizo y jugoso chapoteara en el agua, tú te lo zamparías de un bocado.

—¡No lo haría! —replicó el No-Tan-Grande—. Los niños son demasiado correosos y gomosos. Sí, muy correosos, gomosos, asqueantes y amargos.

—¡Correosos y gomosos! —gritó enfurecido el Cocodrilo Enorme—. ¡¡Asqueantes y amargos!! Esos cuentos sólo se los creen los tontos como tú. ¡Son tiernos y jugosos!

—Saben tan amargos —insistió el No-Tan-Grande— que hace falta recubrirlos de azúcar para poder comerlos.

—Los niños son más gordos que los peces —dijo el Cocodrilo Enorme— y por eso tienen partes más sabrosas.

—Tú eres un cochino glotón —lo acusó el No-Tan-Grande—. Eres el cocodrilo más glotón de todo el río.

—Soy el cocodrilo más audaz de todo el río —fanfarroneó el Cocodrilo Enorme—. Yo he sido el único capaz de dejar el río, atravesar la selva hasta la ciudad y buscar niños para comérmelos.

—Eso sólo lo hiciste una vez —gruñó el No-Tan-Grande—. ¿Y qué pasó? Todos los niños te vieron llegar y salieron corriendo.

—Sí, pero ahora no me verán —replicó el Cocodrilo Enorme.

—Claro que te verán. Eres tan enorme y feo que te distinguirán a kilómetros.

El Cocodrilo Enorme volvió a reír y sus terribles dientes blancos y afilados brillaron como cuchillos al sol.

—Nadie me verá —dijo— porque esta vez he ideado planes secretos y trucos ingeniosos.

—¿Ingeniosos? —exclamó el No-Tan-Grande—. ¡Tú no has hecho nada ingenioso en toda tu vida! Eres el cocodrilo más estúpido del río.

—Yo soy el cocodrilo más astuto del río –respondió el Cocodrilo Enorme–. Hoy me comeré un niño rollizo y jugoso mientras que tú seguirás aquí con el estómago vacío. Hasta la vista.

El Cocodrilo Enorme nadó hacia la orilla y salió del agua. Un gigantesco animal chapoteaba en el viscoso lodazal de la ribera. Era Peso-Doble, el hipopótamo.

—¡Hola! –saludó Peso-Doble–. ¿Adónde vas a estas horas de la mañana?

—He ideado planes secretos y trucos ingeniosos.

—¡Uy! –exclamó Peso-Doble–. Juraría que escondes en tu cabeza algún horrible proyecto.

El Cocodrilo Enorme se rió mostrando sus terribles dientes y dijo:

Con el mejor manjar,
sabroso y delicioso,
voy a llenar mi estómago
vacío y goloso.

—¿Qué es eso tan delicioso? –preguntó Peso-Doble.

—Adivínalo –respondió el Cocodrilo Enorme–. Es una cosa que camina sobre dos piernas.

—No querrás decir que... –dijo inquieto Peso-Doble–. ¿No pensarás comerte a un niño?

—Has acertado –afirmó el Cocodrilo Enorme.

—¡Ah, glotón estúpido! ¡Bestia feroz! –exclamó Peso-Doble–. ¡Espero que te capturen, te guisen y te conviertan en sopa de cocodrilo!

El Cocodrilo Enorme rompió a reír ruidoso y burlón. Luego se internó en la selva.

En la selva se encontró con Trompeta, el elefante. Trompeta arrancaba hojas de un gran árbol para comérselas y no vio acercarse al Cocodrilo Enorme. Entonces, el Cocodrilo le mordió en una pata.

—¡Eh! —exclamó Trompeta con su gruesa y profunda voz—. ¿Quién se atreve a…? ¡Oh, eres tú, horrible Cocodrilo Enorme! ¿Por qué no vuelves al negro y pantanoso río del que has salido?

—He ideado planes secretos y trucos ingeniosos —dijo el Cocodrilo Enorme.

—Querrás decir planes siniestros y trucos malvados —replicó Trompeta—. En toda tu vida jamás has hecho una buena acción.

El Cocodrilo Enorme rió y dijo:

Voy a buscar a un niño
para mi desayuno.
Podrás oír cómo crujen
sus huesos uno a uno.

—¡Ah, qué bárbara bestia! —exclamó Trompeta—. ¡Ah, qué horrible e innoble monstruo! ¡Espero que te desuellen, te trituren, te cuezan y te conviertan en estofado de cocodrilo!

El Cocodrilo Enorme se rió ruidosa y burlonamente mientras se internaba en la espesura de la selva.

Un poco más lejos se encontró con Tití-Travieso, el mono, que comía una nuez colgado de una rama.

—¡Hola, Coco! ¿Qué estás tramando? —preguntó Tití-Travieso.

—He ideado planes secretos y trucos ingeniosos —dijo el Cocodrilo Enorme.

—¿Quieres una nuez? —ofreció Tití-Travieso.

—Tengo mejores cosas que comer —dijo desdeñoso el Cocodrilo Enorme.

—¿Hay cosas mejores que las nueces? —preguntó el mono.

—¡Ja, ja! —exclamó el Cocodrilo.

Ese tierno alimento
que comeré después
tiene dedos y brazos,
¡tiene piernas y pies!

Tití-Travieso palideció y un estremecimiento recorrió su cuerpo.

—No tendrás intención de comerte a un niño, ¿verdad? —preguntó horrorizado.

—Por supuesto que sí —aseguró el Cocodrilo Enorme—. Con ropa y todo. Saben mejor con ropa.

—¡Oh, qué horrible glotón! —se indignó Tití-Travieso—. ¡Espero que los botones y las hebillas se atraviesen en tu garganta y te ahoguen!

El Cocodrilo Enorme se rió y dijo:

—¡También me como a los monos!

Y, rápido como el rayo, tronchó el árbol en el que estaba subido Tití-Travieso con un golpe seco de sus terribles mandíbulas. El árbol cayó al suelo, pero el mono pudo saltar a tiempo de agarrarse a las ramas de los árboles vecinos y ocultarse en el follaje.

Un poco más lejos el Cocodrilo Enorme se encontró con Bella-Pluma, el pájaro. Bella-Pluma preparaba su nido sobre un naranjo.

—¡Hola, Cocodrilo Enorme! —cantó Bella-Pluma—. No se te ve mucho por la selva.

—¡Ah! —exclamó el Cocodrilo—. He ideado planes secretos y trucos ingeniosos.

—Espero que no sea alguna idea mala.

—¿Mala? —se rió burlón el Cocodrilo Enorme—. ¡Nada mala! ¡Al contrario!, ¡es una cosa muy buena!

¡Suculenta! ¡Deliciosa!
¡Superior y muy jugosa!
¡Más sabrosa
que mil peces malolientes!

¡Masticarla es tal placer
que te puedes relamer
sólo oyendo cómo suena
entre los dientes!

—Eso deben de ser bayas —silbó Bella-Pluma—. Para mí las bayas son el manjar más exquisito del mundo. ¿Se trata de frambuesas? ¿O de fresas, tal vez?

El Cocodrilo Enorme soltó tal carcajada que sus dientes entrechocaron con un ruido semejante al de monedas en una hucha.

—Los cocodrilos no comemos bayas —dijo—. Nosotros comemos niños y niñas. Y algunas veces también pájaros del tipo Bella-Pluma...

Y, con sus horribles fauces abiertas, se abalanzó velozmente sobre Bella-Pluma. No llegó a alcanzarlo de lleno, pero sus dientes se cerraron sobre el magnífico penacho de la cola. Bella-Pluma, con un chillido de terror, dejó parte

de sus plumas en la boca del Cocodrilo y echó a volar como una flecha.

Al fin, el Cocodrilo Enorme se encontró fuera de la selva, a la luz del sol. Pudo distinguir, muy cerca, la ciudad.

«¡Jo, jo! Esta caminata a través de la selva me ha despertado el apetito —se dijo en voz alta—. Sólo un niño ya no me bastará. Para quedarme satisfecho tendré que devorar por lo menos tres, bien jugosos».

Y comenzó a arrastrarse en dirección a la ciudad.

El Cocodrilo Enorme descubrió un lugar donde abundaban los cocoteros. Sabía que los niños acudían frecuentemente allí a buscar cocos. Los árboles eran demasiado altos para que ellos pudieran subir, pero había siempre cocos en el suelo. El Cocodrilo Enorme recogió velozmente todos los cocos que había en tierra, así como varias ramas rotas.

«Y ahora, pasemos a poner en práctica el Truco Ingenioso Número Uno —se dijo—. No tendré que aguardar mucho para saborear el primer plato».

Reunió todas las ramas sujetándolas entre sus dientes. Luego recogió con sus patas varios cocos y se irguió

manteniéndose en equilibrio sobre la cola. Había coloca-
do las ramas y los cocos de forma tan hábil que parecía
un pequeño cocotero situado entre los grandes árboles.

Pronto llegaron dos chicos: un niño y su hermana. El
muchacho se llamaba Quico y la niña, María. Inspecciona-
ron el lugar en busca de cocos caídos, pero como el Cocodrilo Enorme los había recogido todos, no pudieron
encontrar ninguno.

—¡Eh, mira! —indicó Quico—. ¡Ese árbol de allí es más
pequeño que los otros y está lleno de cocos! Podré trepar
y arrancarlos si me ayudas.

Quico y María se aproximaron al que habían tomado
por pequeño cocotero. El Cocodrilo Enorme, espiando
a través de las ramas, seguía los movimientos de los niños.
Ya se relamía al pensar en su comida. Su gran bocaza se
le llenaba de saliva… Repentinamente, se produjo un gran
estruendo. Era Peso-Doble, el hipopótamo. Surgió de la
espesura resoplando y rompiendo cuanto encontraba a

su paso. Con la cabeza baja, se aproximó a los niños a toda prisa.

—¡Cuidado, Quico! —rugió Peso-Doble—. ¡Cuidado, María! ¡Eso no es un cocotero! ¡Es el Cocodrilo Enorme, que quiere comeros!

Peso-Doble arremetió contra el Cocodrilo Enorme. Lo golpeó con su poderosa cabeza y lo derribó.

—¡*Aaagg!* —gritó el Cocodrilo—. ¡Socorro!… ¡Alto! ¡Oh! ¿Dónde estoy?

Quico y María corrieron hacia la ciudad lo más rápido que pudieron.

Pero los cocodrilos son duros de pelar. Es difícil herirlos, incluso para un hipopótamo. El Cocodrilo Enorme se recuperó pronto del golpe y se encaminó a una zona de juegos reservada para los niños. «Ahora, pasemos al Truco Ingenioso Número Dos –se dijo–. ¡Éste funcionará, estoy seguro!».

De momento no había niños, pues estaban todos en la escuela. El Cocodrilo Enorme descubrió un tronco de

árbol y se tendió sobre él, replegando sus patas de modo que parecía un balancín.

Al terminar la escuela todos los niños salieron al jardín.

—¡Oh, mirad! —exclamaron—. ¡Hay un nuevo balancín!

Y lo rodearon entre gritos de alborozo.

—¡Yo primero!

—¡Y yo me sentaré en el otro lado!

—¡Estaba yo antes!

Entonces una niña mayor que los demás dijo extrañada:

—Me parece muy rugoso este balancín. ¿Creéis que podemos usarlo sin peligro?

—Claro que sí —respondieron los niños—. ¡Parece muy fuerte!

El Cocodrilo Enorme abrió un ojo para observar a los niños que lo rodeaban.

«Pronto –pensó– alguno de ellos se sentará sobre mi cabeza, y entonces… Un rápido movimiento, una dentellada certera y… ¡ñam, ñam, ñam!».

Pero en ese instante una mancha parda cruzó veloz la zona de juegos y saltó a la barra superior de los columpios. Era Tití-Travieso, el mono.

–¡Huid, huid! –gritó a los niños–. ¡Escapad todos! ¡Huid! ¡No es un balancín! ¡Es el Cocodrilo Enorme, que ha venido a comeros!

Estas palabras llenaron de pánico a los niños, que salieron corriendo en todas direcciones. Tití-Travieso volvió a internarse en la selva y el Cocodrilo Enorme se encontró solo y chasqueado.

Maldiciendo al mono se alejó hacia los matorrales dispuesto a ocultarse.

«¡Cada vez tengo más hambre! —gimió—. Necesitaré por lo menos comerme cuatro niños para sentirme satisfecho».

El Cocodrilo Enorme merodeó por los alrededores de la ciudad teniendo buen cuidado de no ser descubierto.

De este modo llegó a una plaza donde se acababa de instalar una feria. Había allí caballitos, columpios, autos de choque… Y se vendían palomitas de maíz y algodón de azúcar. También había un gran tiovivo. Aquel tiovivo tenía maravillosas figuras de madera a las que los niños se subían encantados: blancos caballos, leones, tigres, sirenas con sus colas de pez y dragones monstruosos con puntiagudas lenguas rojas.

«Pasemos al Truco Ingenioso Número Tres», se dijo el Cocodrilo Enorme relamiéndose sus grandes hocicos.

En un momento de distracción de la gente, saltó sobre el tiovivo y se colocó entre un león y un dragón de aspecto temible. Con las patas traseras ligeramente dobladas, permaneció inmóvil como una figura más del tiovivo.

Al poco llegaron a la feria numerosos niños. Muchos corrieron alborozados hacia el tiovivo.

—¡Yo subiré al dragón!

—¡Y yo a ese caballito blanco!

—¡Para mí el león!

Entonces, una niña pequeña llamada Clara dijo:

—¡Yo quiero montar en ese divertido cocodrilo de madera!

El Cocodrilo Enorme no movía ni una sola escama, pero notaba cómo se le acercaba la niña.

«Ñam, ñam, ñam… Me la voy a comer de un bocado», se relamía.

Pero en aquel instante se oyó un rápido aleteo, *flap-flap*, y un bulto revoloteó alrededor del tiovivo: era Bella-Pluma, el pájaro.

—¡Cuidado, Clara, cuidado! —cantó Bella-Pluma—. ¡No te subas a ese cocodrilo!

Clara se quedó inmóvil, mirando asombrada al pájaro.

—¡No es un cocodrilo de madera! —siguió Bella-Pluma—. ¡Es uno de verdad! ¡Es el Cocodrilo Enorme del río, que quiere comerte!

Clara se dio media vuelta y echó a correr. Incluso el hombre que vigilaba el tiovivo dejó su puesto y huyó rápidamente de allí.

El Cocodrilo Enorme, maldiciendo a Bella-Pluma, fue a ocultarse entre los matorrales de la selva.

«¡Oh, qué hambre tengo! ¡Ahora necesitaré comerme seis niños para quedarme satisfecho!», se dijo chascando sus terribles dientes.

En las cercanías de la ciudad existía una pequeña pradera rodeada de árboles y matorrales.

Se llamaba El Picnic y era un bello paraje con mesas y bancos de madera al que frecuentemente acudía gente para comer.

El Cocodrilo Enorme se deslizó hasta aquel lugar, que en aquel momento se encontraba solitario.

«Y ahora pasemos al Truco Ingenioso Número Cuatro», murmuró.

Recogió un hermoso ramillete de flores que colocó en el centro de una de las mesas. Luego arrastró un banco y lo escondió entre los matorrales. Seguidamente ocupó el sitio del banco. Escondiendo la cabeza bajo su cuerpo y disimulando su cola parecía un banco de madera más.

Al poco llegaron cuatro niños cargados con sus cestos de comida. Pertenecían todos a la misma familia y su madre les había dado permiso para que comieran en el campo.

—¿En qué mesa nos ponemos?

—En esa de las flores.

El Cocodrilo Enorme se estuvo más quieto que un ratón.

«Voy a comerme a los cuatro —se dijo—. Vendrán a sentarse en mi espalda y entonces abriré con rapidez mis mandíbulas y tendré un bocado crujiente y exquisito».

Pero en aquel momento una voz fuerte y profunda resonó en la selva:

—¡Deteneos, muchachos, deteneos! ¡Atrás! ¡Atrás!

Los niños, asustados, miraron hacia el lugar de donde llegaba la voz. Con un chasquido de ramas tronchadas, Trompeta, el elefante, surgió de la selva.

—¡No os vais a sentar en un banco! ¡Es el Cocodrilo Enorme, que quiere comeros a todos!

Trompeta se abalanzó sobre el Cocodrilo y, rápido como el rayo, enrolló su trompa alrededor de la cola del reptil y lo levantó en el aire.

—¡Ay, ay, ay! ¡Déjame, déjame! —chilló el Cocodrilo Enorme.

—¡No! —replicó Trompeta—. ¡No te soltaré! ¡Estamos hartos de tus trucos ingeniosos!

El elefante hizo girar en el aire al Cocodrilo Enorme.
Primero lentamente.
Después más deprisa…
Más deprisa…
Más y más deprisa…
Cada vez más deprisa…

Pronto sólo se vio del Cocodrilo Enorme una especie de torbellino que zumbaba alrededor de la cabeza de Trompeta.

Repentinamente, Trompeta soltó la cola del Cocodrilo y éste salió disparado hacia el cielo como un gran cohete verde.

Subió muy alto…, cada vez más y más alto… Iba a tanta velocidad y a tal altura que la Tierra se convirtió para él en un pequeño puntito situado allá abajo, en la distancia.

Y atravesó silbando… *Fiuuuuuu*… el espacio.

Fiuuuuu… pasó la Luna…

Fiuuuuu… pasó las estrellas y los planetas…

Fiuuuuu… hasta que, por último, con el más violento de los estruendos, el Cocodrilo Enorme arremetió de cabeza contra el Sol…

¡¡Contra el ardiente Sol!!
Y, de este modo, se asó como una salchicha.

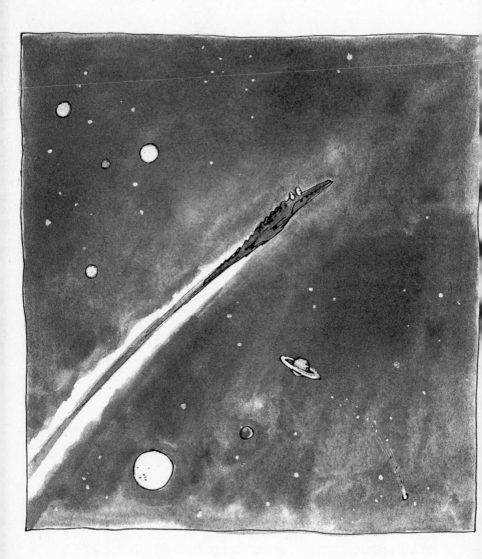

ROALD DAHL nació en 1916 en un pueblecito de Gales (Gran Bretaña) llamado Llandaff en el seno de una familia acomodada de origen noruego. A los cuatro años pierde a su padre y a los siete entra por primera vez en contacto con el rígido sistema educativo británico que deja reflejado en algunos de sus libros, por ejemplo, en *Matilda* y en *Boy*.

Terminado el Bachillerato y en contra de las recomendaciones de su madre para que cursara estudios universitarios, empieza a trabajar en la compañía multinacional petrolífera Shell, en África. En este continente le sorprende la Segunda Guerra Mundial. Después de un entrenamiento de ocho meses, se convierte en piloto de aviación en la Royal Air Force; fue derribado en combate y tuvo que pasar seis meses hospitalizado. Después fue destinado a Londres y en Washington empezó a escribir sus aventuras de guerra.

Su entrada en el mundo de la literatura infantil estuvo motivada por los cuentos que narraba a sus cuatro hijos. En 1964 publica su primera obra, *Charlie y la fábrica de chocolate*. Escribió también guiones para películas; concibió a famosos personajes como los Gremlins, y algunas de sus obras han sido llevadas al cine.

Roald Dahl murió en Oxford, a los 74 años de edad.

AGU TROT

En la vida del señor Hoppy hay dos amores: las flores de su balcón y su vecina, la amable señora Silver. ¡Este es su gran secreto! Pero ella solo está pendiente de su tortuguita Alfie. Pero un día al señor Hoppy se le ocurre una brillante idea para ganar su corazón: para ello necesitará 140 tortuguitas, un antiguo hechizo y un poquitín de magia...

BOY.
RELATOS DE INFANCIA

Boy es el relato de su infancia. Momentos familiares maravillosos se mezclan con otros más tristes, y aventuras llenas de peligro siguen a otras desternillantes.

¡QUÉ ASCO DE BICHOS!
EL COCODRILO ENORME

¡Qué asco de bichos! Nueve divertidísimas historias en verso en las que los animales se enfrentan a las personas para sobrevivir. El Cocodrilo Enorme siembra el terror en la selva y para ello recurre a todo tipo de trucos y disfraces. Pero los demás animales tratarán de impedírselo.

LOS CRETINOS

Los señores Cretinos son dos odiosos personajes que tienen prisionera a la simpática familia de monos a la que no dejan vivir en paz. Con la llegada del Pájaro Gordinflón todo puede cambiar...

LAS BRUJAS

Las Brujas están celebrando su Congreso Anual y han decidido aniquilar a todos los niños. ¿Conseguirán vencerlas el protagonista de nuestra historia y su abuela?

LA JIRAFA, EL PELÍCANO Y EL MONO

La Jirafa, el Pelícano y el Mono son los mejores Limpiaventanas Desescalerados del mundo y están deseando vivir contigo las más disparatadas aventuras.

MATILDA

Todo el mundo admira a Matilda menos sus mediocres padres, que la consideran una inútil. Tiene poderes maravillosos y extraños que la ayudarán a enfrentarse a ellos…

DANNY EL CAMPEÓN DEL MUNDO

Danny se siente orgulloso de su padre. Está convencido de que es el mejor del mundo, hasta que una noche descubre su gran secreto. A pesar de todo, Danny está decidido a ayudar a su padre hasta las últimas consecuencias y a mantener la hermosa relación y complicidad que les une.

LA MARAVILLOSA MEDICINA DE JORGE

Jorge está empeñado en cambiar a su desagradable abuela y ha inventado una maravillosa medicina para hacerlo pero nada resulta como él esperaba.

¡JAMES Y EL MELOCOTÓN GIGANTE

James vive con sus dos tías que le hacen la vida imposible. Pero un día, montando en un melocotón gigante, James inicia un increíble viaje por todo el mundo.

CHARLIE Y LA FÁBRICA DE CHOCOLATE

El Sr. Wonka ha escondido cinco billetes de oro en sus chocolatinas. Quien los encuentre será el elegido para visitar con él su fantástica fábrica de chocolate. ¿Los encontrará Charlie?

EL GRAN GIGANTE BONACHÓN

Una noche el gran gigante bonachón entra por la ventana del orfelinato, envuelve a la pequeña Sofía en una sábana y se la lleva al país de los gigantes. Pero en esas tierras también viven gigantes malos…

EL SUPERZORRO

Benito, Buñuelo y Bufón son los tres granjeros más malvados que te puedas imaginar. Odian a don Zorro y quieren capturarle por todos los medios. Le esperan a la salida de la madriguera con la escopeta cargada. Pero don Zorro tiene otros planes…

VOLANDO SOLO

Roald Dalh narra los acontecimientos más fascinantes de su vida, marcada por las ansias de aventura: las increíbles experiencias como piloto en la Segunda Guerra Mundial, el placer de volar, la camaradería en tiempos difíciles…

CHARLIE Y EL GRAN ASCENSOR DE CRISTAL

El Sr. Wonka ha cedido a Charlie su fabulosa fábrica donde hay un ascensor de cristal muy especial que le llevará al espacio. Allí vivirá maravillosas aventuras.